PAUL AUGUEZ

LES MARCHANDES

DE PLAISIR

AVEC UNE PRÉFACE

DE M. LE BARON F. DE REIFFENBERG FILS

Prix : 1 fr. 50 cent.

PARIS

CHEZ DENTU, LIBRAIRE-ÉDITEUR

13, GALERIE VITRÉE, PALAIS-ROYAL.

LES MARCHANDES

DE PLAISIR *822*

PARIS. IMPRIMÉRIE DE PILLET FILS AÎNÉ,

rue des Grands-Augustins, 5

PAUL AUGUEZ

LES MARCHANDES

DE PLAISIR

AVEC UNE PRÉFACE

DE M. LE BARON F. DE REIFFENBERG FILS

112

PARIS

PARIS

CHEZ DENTU, LIBRAIRE-ÉDITEUR

13, GALERIE VITRÉE, PALAIS-ROYAL.

1856

PRÉFACE

-◦-➤є❦-◦-

LE DEMI-MONDE ET SA LITTÉRATURE

Un fait étrange, et que signaleront évidemment ceux de nos arrière-neveux qui écriront l'histoire de la littérature de ce siècle, c'est l'engouement exagéré du public à percer le mystère de certaines existences que jusqu'aujourd'hui — Dieu merci — un voile épais et sombre dérobait à tous les yeux... honnêtes; — cela s'entend.

C'est un déplorable spectacle, pour le philosophe et pour « *les bonnes gens,* » que de voir l'importance que les courtisanes ont prise dans l'époque actuelle.

1·

On ne tend toutes ses facultés aujourd'hui qu'à la déification de filles de marbre, de dames aux camélias et autres demoiselles d'un monde plus que *camelotte :* c'est d'une monotonie désespérante.

Ce genre de littérature n'a-t-il pas aussi un côté dangereux? — En dévoilant les roueries et les misères de ce monde de clinquant, de cette jeunesse dorée par le procédé Ruolz, que M. Alex. Dumas fils a spirituellement comparé à un panier de pêches à quinze sous, au risque d'effaroucher certaines pruderies de bon goût, et la sensibilité délicate de ceux (ou de celles) qui ne sont pas familiarisés avec ce monde hétéroclite.

En peignant sans cesse la société moderne sous un point de vue d'une immoralité aussi flagrante, ne finira-t-on point par convaincre ceux que les paisibles joies du foyer écartent de ce monde tumultueux et débauché, qu'ils ne doivent plus faire un pas hors de leur maison, qu'ils n'ont plus qu'à se tenir éternellement au coin de leur feu à regarder l'heure au cadran muet de l'horloge de famille, et à construire de savants édifices de tisons enflammés, s'ils ne veulent pas se frotter à ces messieurs ou à ces demoiselles ?

Natures peureuses et naïves, — par horreur de la classe audacieuse et éhontée dont vous dressez le piédestal, — ils croiront la société tout entière gangrenée et perdue !

Pourtant, il faut l'avouer heureusement, toutes nos jolies veuves ne sont pas des baronnes d'Ange, toutes nos grandes dames ne sont pas des Diane de Lys, et beaucoup de nos jeunes gens n'ont rien de commun avec les *Raphaël,* les *Paul Aubry* et les *Armand.*

Il est bien un petit monde qui pullule et grouille, s'enivre et chante, lequel constitue une petite portion de notre population ; mais le monde n'est pas là, on nous accordera cet axiome.

On aurait pu nous faire grâce de ces mille détails, aussi minutieux que révoltants, qu'on nous a donnés sur toutes ces misères.

Une civilisation est bien malade quand le vice s'étale avec impudeur et se drape impunément dans sa honte.

Les fronts qui ne rougissent que sous le
fard doivent porter le stigmate de leur infa-
mie : qu'on ne vienne pas les couronner de
roses et d'orangers.

Tous se sont mis à l'œuvre pour peindre ces
femmes à qui on a donné tant de noms diffé-
rents, que je ne sais plus lequel leur con-
server.

Les romanciers, les dramaturges et les vau-
devillistes, — pour se poser un peu en hommes capables et en cœurs sensibles, — nous
ont voulu prouver combien ils étaient initiés
à ces brillantes et tristes existences.

De là, des romans pleurards, — mais mauvais.

Des drames odieux.

Et des vaudevilles en cinq actes, cinq fois
plus détestables qu'un vaudeville ordinaire.

Jusque-là, je ne vois rien à dire.

Qu'il plaise à tous ces messieurs de nous
révéler les secrets de leur jeunesse *tulipe ora-
geuse,* qu'ils publient la collection de ces lettres d'amour tarifé, dont s'exhalent des miasmes de patchouli au milieu d'adorables fautes

d'orthographe : rien n'est plus intéressant sans doute, et nous aurions bien mauvaise grâce de nous en formaliser.

Du reste, nous le disons avec amertume, les grandes dames, les honnêtes femmes, ont un incroyable penchant à s'initier à ces débauches d'esprit et de cœur; et je sais, — comme vous savez aussi, — de très-vertueuses demoiselles qui ont versé toutes les larmes de leur corps sur le tombeau de Mlle Marie Duplessis.

Nous ne leur reprocherons pas cet excès de sensibilité. Mais qu'on vienne piédestaliser ces créatures entretenues, qu'on garde ses plus charmants égards pour ces péronnelles effrontées, voilà ce qui dépasse les bornes de la plaisanterie permise.

C'est donc une bonne œuvre et une action honnête que de venir protester hautement contre ce dévergondage du siècle.

C'est une noble et louable tâche de venir briser ces idoles de fange et de boue devant lesquelles on se prosterne aujourd'hui.

Notre excellent ami, Paul Auguez, l'auteur

spirituel et mordant de *Moderne et Rococo,* a accepté cette difficile mission, et nous l'en félicitons sincèrement. C'est du courage que d'oser attaquer le vice en face, — le vice *fille de marbre* surtout ; — ce courage il l'a eu, et, avec ce style élégant et frondeur qu'on lui connaît, il a écrit quelques pages auxquelles nous sommes fier d'attacher notre nom, disposé que nous sommes à entrer fraternellement avec lui dans la lice pour lutter contre tout ce qui est mesquin et corrompu, pour défendre tout ce qui est grand, beau et pur !

LE BARON FRÉDÉRIC DE RUIFFENBERG FILS.

Ami lecteur, — comme on disait au bon vieux temps passé, que j'ai toujours l'espoir de te faire aimer, sinon regretter, — ami lecteur, ceci n'est pas un livre, comme tu vas en juger toi-même par le décousu que tu trouveras à chaque page...

Ne te fie donc pas, — pour cette fois seulement, — à la parole de notre féal et amé messire de Reiffenberg ; il est trop l'ami de l'auteur pour être bon juge de l'ouvrage.

Si tu t'attends à trouver merveilles, jette là ces quelques feuilles et qu'il n'en soit plus question...

Ou bien lis ces babioles comme elles ont été écrites :

Sans autre désir que celui de passer le temps d'une manière honnête et profitable.

MARCHANDES DE PLAISIR

Il y a deux espèces de marchandes de plaisir :

Celles qui vendent pour de petites pièces de monnaie des pâtisseries gaufrées qui font les délices de l'enfance ;

Celles qui vendent, pour de grosses pièces d'or, des caresses banales et sans illusions, des baisers cotés et tarifés comme un baril de harengs ou une balle de coton, qui font la honte de la jeunesse....

— Quelques réflexions sur l'industrie et les habitudes de ces dernières.

Je présume que si les lycéens et les provinciaux s'obstinent à appeler ces dames-là *les
lorettes*, c'est par pure déférence pour MM. de
Goncourt frères, qui conservent cette bizarre
appellation à cette variété d'industriels fémi-
nins dans un délicieux et microscopique volume qui vaut mille fois mieux que le sujet
dont il traite.

— Autrement MM. les lycéens et MM. de
Carpentras, Pontoise et autres lieux, n'auraient aucune raison pour les appeler ainsi,
et même pour ne pas les appeler du tout.

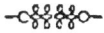

Je ne veux pas chercher à peindre ces
femmes ;

Elles ont été assez peintes de nos jours, et

du matin au soir et du soir au matin elles se peignent assez elles-mêmes ; — sans calembour aucun, bien entendu.

— Je veux toutefois en faire une définition à ma manière, une définition en quelques mots durs et impolis comme la réalité, mais comme elle, pleins d'enseignements utiles.

— L'acceptera qui voudra, peu m'importe.

Des créatures sans esprit, sans principes et sans cœur, sans sexe même, si j'ose m'exprimer ainsi, ne recherchant que l'or qu'elles gaspillent et les jouissances matérielles dont elles ne savent plus jouir ; — des êtres bâtards et sans nom qui ont pris à l'homme ses allures et ses vices tout en conservant les faiblesses et les fantaisies les plus folles de la femme ; — écume sociale, — composé monstrueux

des misères de tous et des infamies de chacun, — parmi lesquelles une Marguerite Gau-
tier se rencontre de temps à autre, aussi souvent à peu près qu'un agioteur honnête, un
usurier généreux, ou bien encore un Chinois
authentique.

— Voilà pour le moral.

Des façons de mannequins ambulants aux
formes grêles et rachitiques, perdus dans des
flots de dentelles et de crinoline ; — des om-
bres de femmes aux yeux cernés et rouges,
aux joues fardées et creuses, exhalant sans
cesse une odeur quelconque, ambre, musc ou
patchouli, afin de mitiger les miasmes qui
s'échappent de leurs pauvres corps presque
en dissolution...

— Voilà pour le physique.

Parmi ces créatures, il y a bien aussi de robustes jeunes filles, vivantes et fraîches, pimpantes et rosés, exhalant l'amour par tous les pores de leurs corps d'albâtre...

Oui, et je ne puis le nier ; — mais pareille au travail de l'ouvrier des mines, la vie maudite de ce monde sans nom qu'elles fréquentent, cette vie fiévreuse qui brûle comme une lave de l'enfer, en fait en quelques mois des ruines et des cadavres...

Or, voilà les femmes pour lesquelles se ruinent les hommes de notre siècle ! voilà les femmes qu'ils préfèrent ! voilà les femmes qu'ils aiment !

O progrès moral !

2

Du reste, bien que l'amour enivre, il est décidément le contraire du vin : — le plus frelaté est toujours celui qui se vend le plus cher.

On dit partout que notre monde moderne va toujours progressant. Franchement, ce n'est pas votre serviteur qui s'y oppose.

A tout progrès moral je donne les mains de grand cœur, et je fais de mon mieux pour le prouver.

— Que MM. les moralistes agissent tout de même, avant cent ans nous reverrons l'âge d'or.

— Cependant, je ne trouve pas que les.....

— comment dirai-je ? Ma foi, tant pis, je dirai le mot, — je ne trouve pas que les courtisanes valent beaucoup plus aujourd'hui qu'autrefois.

— Il y a de nos jours deux fois autant de ces femmes qu'il y en avait au siècle précédent, trois fois autant qu'au XVIIᵉ siècle, et c'est là, dites-vous, un progrès véritable, puisque, selon certains philosophes se disant humanitaires, le grand nombre est une qualité.

— J'avais prévu votre réponse, et elle ne m'étonne pas, car je vous connais pour des hommes *avancés*, pour des *progressistes*.

Malheureusement, ou peut-être heureusement, je ne me fie guère pour ma part aux balivernes philosophiques de MM. les penseurs, et, — je parle avec tout le respect qui leur est dû, — j'ai bien souvent été tenté de leur croire le cerveau quelque peu détraqué.

— Ce qui me pousse à cette opinion, —
qui doit être une grosse erreur, — c'est de les
voir tous s'escrimant de leur mieux les uns
contre les autres, — blancs contre noirs, —
noirs contre blancs, — cherchant chacun à
démontrer le *Béjaune* de son adversaire, —
comme dirait notre immortel Molière, — soute-
nant leur thèse quand même, les oreilles closes
à tout ce qui pourrait la détruire, jusqu'à ce
qu'ils meurent enfin comme des hommes ordinaires, plus que jamais ivres d'eux-mêmes
et en protestant de nouveau contre la clarté
qu'ils ont niée, contre le sens commun qui
les condamne , contre le soleil qui les
aveugle...

— Mais où vais-je m'égarer, bon Dieu ! —
Revenons vite aux courtisanes , aux marchandes de plaisir, si vous préférez ce nom.

Je dis que notre époque, tout en la recon-
naissant meilleure que sa réputation, comme

me faisait l'honneur de me l'apprendre, il y a
quelque temps, je ne sais quel pauvre diable
de gazetier, avocat d'office de la cannelle et
du bonnet de coton ; je dis que notre époque
a fort peu progressé de ce côté, moralement
parlant, du moins.

De jour en jour nous voyons s'accroître le
nombre de ces dames, et du Palais-Royal, où
nos pères les avaient assez judicieusement
consignées, elles se sont répandues sur la ville
entière devenue leur proie, comme une nuée
de sauterelles sur un champ de maïs.

A chaque carrefour, à chaque bec de gaz,
nous sommes à chaque instant souillés de leur
contact impur et poursuivis de leurs propos
grossiers.

— Remarquez que je ne parle encore ici
que de celles qui exercent *légalement* et sous
la surveillance de l'autorité, de celles qui sont
dûment brevetées et patentées...

— Et ce ne sont certes pas les plus nombreuses.

— Théâtres, — cafés, — voitures publiques, promenades et passages se trouvent sàns cesse encombrés par les autres, par celles que les lycéens et les provinciaux appellent *lorettes,* qui sont aux courtisanes légales ce que les cochers maraudeurs sont aux cochers sous remise.

— Essayez un peu de prendre une glace chez Tortoni ou ailleurs avec votre mère, votre femme, votre sœur ou votre fille sans entendre, à vos côtés, le caquetage graveleux d'une de ces scandaleuses Phrynées...

— Et ces pauvres directeurs d'établissements publics qui s'étonnent de voir chez eux si peu de gens *honnêtes,* si peu de *femmes comme il faut !*

— Hommes naïfs qui ignorent ou feignent d'ignorer que l'hermine ne recherche pas l'attouchement du crapaud !

— Franchement, ne vaudrait-il pas mieux avoir encore une voirie, qu'on me pardonne la crudité de l'expression, pour y jeter pêle-mêle ces immondices sociales, que de les voir traîner ainsi au détour de chaque rue, au coin de chaque borne ?

— O Paris, ville de marbre et de boue !... O xixe siècle, tout à la fois maudit et privilégié, fleuve grandiose qui roules des perles et de l'or dans la vase de tes flots bourbeux !...

N'est-ce pas le cas de s'écrier avec Musset :

. . . . La virginité sainte
S'y cache à tous les yeux sous une triple enceinte;
On voile la pudeur, mais la corruption
Y baise en plein soleil la prostitution.

En ces amours comme en bien d'autres choses, notre époque ressemble à ces pauvres malades de la poitrine qui avalent de pleins verres d'eau-de-vie par bravade et pour se montrer forts, — peut-être aussi pour tromper un instant la douleur qui les consume.

— On se repose de ses occupations matérielles et mercantiles dans des amours de hasard, aussi matérielles et aussi mercantiles que ces occupations elles-mêmes;

C'est peut-être logique, après tout...

Vous allez me dire :

— A ce mal, connaissez-vous un remède?

— Peut-être... mais j'ai tant peur d'être accusé d'exagération... j'ai tant peur d'être pris pour un trappiste ou pour un bénédictin...

— on comprend toujours si mal, ou l'on feint de si mal comprendre celui qui parle de foi, de poésie, de spiritualisme...

Et puis encore...

— Tenez, je vais, comme on dit vulgairement, vous couler cela en douceur, et si bas, si bas que le plus grand nombre ne pourra m'entendre...

— L'amour, comme tout sentiment noble et généreux, ne peut exister sans la foi, sans la croyance à Dieu.

— On est matérialiste aujourd'hui : — les amours ont fait comme le siècle : elles sont devenues matérialistes...

Et à force de ne plus croire à Dieu, on a fini par ne plus croire à rien, pas même au bien, pas même à la femme, pas même à l'amour...

─oᏃᏃᏃo─

L'amour-plaisir, le seul, entendez-vous bien, qui se vend et s'achète, est à l'amour véritable ce que l'écorce est à l'orange, une enveloppe grossière et sans valeur que les hommes avisés dédaignent à cause de l'amer-

3

tume qu'elle laisse après elle, qui gâte toute la saveur de ce doux fruit.

— Les sots, je veux dire les plus nombreux, confondent le contenant avec le contenu, sans se donner le souci de faire une séparation nécessaire, et rejettent le tout sans autre examen et sans plus chercher le nectar qu'ils avaient à leur insu sous leurs lèvres.

— Et cependant :

De même que de l'écorce d'orange on peut faire une liqueur délicieuse, de même l'amour-plaisir, — je parle de celui qui n'est pas vendu, — peut charmer quelquefois et rendre plus vivace le plus élevé de tous les sentiments, quand on sait lui donner la part qu'il doit avoir et ne pas le confondre avec l'amour

réel qu'il est destiné à rendre plus piquant,
mais dont il n'est que l'appendice.

–⊱⊰–

Aujourd'hui, c'est un genre pour la plu-
part des hommes de prétendre qu'ils n'ont
pas le loisir de soupirer l'amour, qu'ils n'ont
pas le temps d'aimer et d'être aimés ; et voilà
que, perchés sur ce bel argument, ils perdent
à le marchander, à le débattre, à le brocanter
avec des drôlesses, ce pauvre amour qui n'en
peut mais, trois fois plus de temps et de dé-
marches que n'en perd un amoureux de bon
aloi à soupirer aux pieds de la plus exigeante
des amantes.

–⊱⊰–

Ces profonds logiciens, si jaloux d'écono-
miser leur temps, me rappellent ces jeunes

gens qui attendent, disent-ils, la fortune, ou
tout au moins l'aisance pour se marier, en
raison des charges qu'une famille impose, et
qui dépensent naïvement mille écus par mois
avec une actrice.

— Il est opportun de vous faire observer
que je n'ai pas dit avec une *artiste drama-
tique*, cette variété de l'espèce coûtant infini-
ment plus de mille écus par mois ; — deman-
dez plutôt à notre ami Frédéric de Reiffenberg
fils, le spirituel auteur de : *Ce que c'est qu'une
Actrice.*

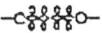

— D'ailleurs :

— Otez-lui l'illusion et la poésie, l'amour
n'est plus qu'un instinct brutal.

Le trafic éhonté que notre génération confond avec l'amour n'a ni poésie ni illusion.

— Comme le siècle de la régence (le plus
vicieux de tous les siècles), le nôtre n'a même

pas cette espèce d'ivresse vertigineuse, qui n'excuse rien, mais qui fait tout pardonner.

— Le vice moderne est froid, calculateur, sans entraînement ;

— Il sent le rance comme une séance de la Bourse ; — il est étriqué comme l'habit d'un clerc d'huissier ; — il fait des contorsions de matamore comme un tragédien de province qui veut singer Talma ;

— Il sent trop la flanelle d'une part et la crinoline de l'autre ;

— Il a je ne sais quel parfum d'arrière-boutique qui donne la nausée...

Pour résumer : il s'est fait comme tout le monde, boursicotier, courtaud de magasin, cabotine et fille à vingt francs...

Et ce vice au rabais est à peu près tout

ce qu'on connaît maintenant en fait d'amour.

— Il y a, Dieu merci, quelques exceptions; mais on rit de ces exceptions-là.

Voilà pourquoi, au surplus, nos jeunes Alcibiades se vantent presque tous de mépriser l'amour...

Il faut avouer qu'on ne peut guère les en blâmer, car, entendu de la sorte, il est bien le plus méprisable de tous les sentiments;

— Ce n'est même pas un sentiment, je l'ai dit plus haut, c'est un instinct, — du côté de l'homme toutefois; — du côté de la femme, c'est une affaire commerciale bonne ou mauvaise, une spéculation, comme on dit en argot financier, un marché plus ou moins avantageux; — quelque chose de plus bas que l'instinct, qui vient de la nature : — la cupidité, qui vient de la dépravation...

— Cela est si vrai, qu'il y a des femmes, — de celles qui craignent de se compromettre,

— qui traitent par courtier et réclament des arrhes...

— Ce sont les mêmes qui font porter leurs cartes, — armoriées ou non, — dans les principaux hôtels et chez les traiteurs qui avoisinent les gares des chemins de fer...

—⁂—

— Mais passons.

Cet amour, dont je parle ici, c'est l'amour que vendent les marchandes de plaisir, celles qui en font métier, avec ou sans patente, — qui tiennent boutique ouverte et visible; — je vais vous montrer tout à l'heure que mon cadre est bien moins restreint que vous ne pensez, et que cette vente du corps et de l'âme, — cet échange d'un semblant d'affection contre un semblant de richesse et de splendeur,

— ne se fait pas seulement dans le demi-monde du quartier Breda, et qu'il est aussi des marchandes de plaisir auxquelles vous -achetez sans vous en douter, — qui font quelquefois l'*article* en toute innocence, — qui souvent même croient donner ce qu'elles vendent.

Celles-là, on les salue quand on les rencontre, — et l'on fait sagement, à mon avis, car autrement on finirait par oublier que l'on est en France, cette terre proverbiale de la galanterie chevaleresque, — et peut-être perdrait-on pour toujours l'habitude de se découvrir devant une femme !

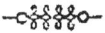

Le beau mérite, — dira-t-on, — de répéter une fois de plus des banalités à chaque instant ressassées en vers et en prose par tous écrivailleurs grands ou petits, jeunes ou vieux, riches ou pauvres, convaincus ou non des vérités qu'ils écrivent...

— Laissez ces braves gens faire leur métier dont ils vivent tant bien que mal, et dormez tranquille, vous qui pouvez vous en passer...

Est-il besoin de votre prose pour nous apprendre que nous ne sommes plus aux siècles des chevaliers de la table ronde, et que les Amadis et les Eginhards du jour se sont faits sportsmans, lorets, ou agioteurs ?

Et chacun de me crier sans cesse : — Ne remuez pas la fange, de peur de vous éclabousser...

Laissez hurler les loups, de peur de vous faire dévorer...

... Laissez le monde voguer à la dérive et où bon lui semble, ne tentez pas de le remettre dans la voie, — vous, pilote inexpérimenté,

— de peur de faire naufrage avec lui...

Jouissez largement de cette vie des dieux dont vous pouvez jouir... aspirez-la par tous les pores comme on aspire les vapeurs d'une cassolette de parfums... vivez sans nul souci des autres de cette vie folle et vertigineuse des Sardanapale et des Alcibiade...

Laissez les ronces et les épines à ceux que leur mauvais destin condamne à cueillir eux-mêmes les roses embaumées que Dieu vous a données toutes cueillies...

Gardez pour vous l'amour et l'illusion ; — pas de pitié pour ceux qui les ignorent ; — surtout pas de conseils pour les ramener au bonheur...

De quoi vous plaignez-vous, et que vous importent les sots et leurs folies ? Que vous importent le monde et ses misères, n'avez-vous pas à vous ce qui fait l'orgueil et l'envie des hommes ici-bas ?

Croyez-nous, brisez votre plume inutile qui ne peut vous donner qu'amertume et déception, fermez les yeux pour ne point voir le vice... savez-vous d'ailleurs si ces maux mêmes ne sont pas des biens?...

Pauvre poëte insensé, que prétendez-vous faire? pensez-vous donc réformer des travers aussi vieux que le monde ?

Enfant égaré dans un siècle où il n'y a plus que des hommes mûrs, *laissez passer la justice de Dieu.*

.   .   .   .

.   .   .   .

A cela voici ma réponse, et ce doit être celle de tout homme de cœur :

Homo sum et nihil humanum a me alienum puto.

—❊—

Or, l'amour doit être le principe de toute grandeur et de tout bien ;

Notre société en a fait le principe de toute bassesse et de tout mal ;

C'est peut-être, quoi qu'on en dise, la plus dangereuse de toutes ses erreurs ;

De là naissent des vices sans nombre et des douleurs plus nombreuses encore, — compagnes ordinaires des désordres...

Déplorable méprise qui corrompt la jeunesse en sa fleur, parce qu'elle lui fait mépriser la femme, et que sans la femme et sa douce influence, il n'y a pas de société possible...

Parce qu'une jeunesse corrompue, une jeunesse qui ne croit plus à la femme, une jeunesse qui ne croit plus aux joies du cœur, se voit forcée de recourir aux joies brutales et

matérielles et devient sceptique et matérialiste, c'est-à-dire indifférente à tout ce qui ne
flatte pas les sens, à tout ce qui ne satisfait pas
l'égoïsme.

Et avec une pareille jeunesse, on ne peut
faire tout au plus que des hommes comme
nous sommes presque tous : plus vicieux ou
plus malheureux qu'on ne le fût en aucun
temps...

Voilà pourquoi je dis de ce vice social,
comme je ne sais quel poëte disait de l'ava-
rice :

— *Allez le bafouer de théâtre en théâtre,*
Tant qu'à le corriger vous aurez réussi.

J'ai dit qu'il y avait des marchandes de

plaisir qui n'en faisaient pas métier ; — des marchandes de plaisir qui l'étaient presque à leur insu, — des marchandes de plaisir *honnêtes*.

Cela se passe de la manière suivante :

I

On a un père, ancien négociant, retiré à Passy; — une mère majestueuse, — employant souvent les imparfaits du subjonctif, — et portant des robes amarantes...

On se nomme généralement, Olympe, Maria, Octavie, ou Anna (mettons que notre héroïne s'appelle Olympe), on aime la poésie, — celle de M. de Lamartine, — les omelettes au rhum et les fraises au sucre.

On va prendre des glaces chez Tortoni deux fois l'an, — le jour de saint Sylvestre, — la fête de papa, — le jour de sainte Eudoxie,

— la fête de maman, — et l'on ne manque
pas de parler trois mois de ces deux extra,
afin de poser auprès des filles de M. le Maire
et de M. l'Adjoint.

— On doit avoir une dot de cinquante mille
francs, argent sur table, — trousseau non
compris, à l'aide de laquelle on désire se pro-
curer, après son mariage : — un petit hôtel
renaissance meublé en boule; — une maison
de campagne à Enghien, meublée en laque;
— une calèche bleue pour l'été, — un coupé
n'importe de quelle couleur pour l'hiver; —
un attelage fringant, gris pommelé autant que
possible, parce que Mme la baronne de... qui
demeure en face, se trouve en avoir un de
cette couleur...

— On rêve une loge à l'Opéra, — une loge
de face... — on ne tient pas à en avoir une
ailleurs, — c'est commun; — et puis, une
femme de chambre jeunette et pimpante,

comme celles des comédies de Molière, de grands laquais frisés et poudrés, — avec des bas de soie bien tirés, — comme en ont ceux de ladite baronne, propriétaire de l'attelage gris pommelé, et qui demeure en face; — un petit groom microscopique, etc., etc.

— Ah! j'oubliais, quelques mille écus de toilette par an, avec Camille et Alexandrine pour faiseuses...

II

Et l'on adore son petit cousin, M. Arthur Dumolard, — jeune homme naïf, mais plein d'espérances, — fils du célèbre Jean Dumolard, épicier retraité, inventeur d'un nouveau système pour la conservation des fèves et des pois chiches...

Pour le présent, le cousin Arthur Dumolard, se trouvant à la tête d'une superbe position de dix-huit cents francs au ministère de la Marine...

— Il n'est pas inutile d'ajouter qu'en fait de fortune le jeune Arthur Dumolard a déjà, de son chef et en toute propriété : — 1° un lit moderne (style de brocanteur), avec sommier, draps et matelas ; — 2°, 3° et 4°, un bureau, une table et quatre chaises, le tout en acajou non sculpté...

— Trois cents francs d'augmentation tous les cinq ans, — bon an mal an, une gratification de cent cinquante francs, — à quarante-cinq ans la Légion d'honneur peut-être, à coup sûr l'épaulette de sergent dans sa compagnie ; — au moral, un grand amour pour le piquet et le billard, une haine toujours croissante contre les directeurs, les chefs de bureau et les sous-chefs, compensée au surplus par une estime exagérée de son propre savoir-faire et de ses capacités administratives.

4·

Tel doit être, à peu de chose près, l'avenir du sus nommé Dumolard.

— Pour le moment, je l'ai dit plus haut, employé à dix-huit cents francs et adoré de sa cousine Olympe...

III

A ses moments perdus, à l'heure où la blonde étoile éclaire, de ses pâles reflets, les champs d'orties et de pissenlits qui couvrent, comme un royal manteau, les plaines fertiles de la commune de Passy, M. Arthur Dumolard est poète comme un autre ; c'est du reste à cette circonstance qu'il faut attribuer l'amour brûlant de sa cousine Olympe...

Souvent, par une belle soirée d'été (comme disent les feuilletonistes des grands journaux), il lui adresse des vers aussi anodins que passionnés, dont les plus remarquables, que je

ne garantis pas de la force de quarante chevaux, — pour employer une expression du
Tintamarre, — ont été recueillis par un
amateur à l'effet, sans doute, de charmer les
loisirs des aspirantes rosières de la commune
de Nanterre. Je vous les livre sous toutes ré-
serves...

A MON OLYMPE ADORÉE.

QU'IL EST DOUX D'AIMER.

Quand l'étoile
Se dévoile
Et rit au ciel noir;
Quand la brume
Rouge, fume
Au couchant, le soir;

Quand la plaine
Blonde, pleine
De bluets en fleurs,
Perd dans l'ombre
Vague et sombre
Ses riches couleurs;

Quand la brise
Agonise
Dans le peuplier;
Quand s'apprête
Pour la fête
Le ménétrier;

Quand chancelle
La nacelle
Sur un flot d'azur,
Qui, moins nette,
La reflète
Dans son cristal pur;

Quand balance
En silence
Son large éventail,
La nuit, reine
Africaine,
Brune, au noir camail;

Quand murmure
La nature...
Quand pour nous charmer
Une étoile
Se dévoile...
Qu'il est doux d'aimer!

ARTHUR DUMOLARD.

Quand on fait des vers comme ceux-là, il

ne faut pas s'étonner du ravage que l'on fait dans le cœur d'une jeune fille qui habite Passy, qui est votre cousine, et qui se nomme Olympe…

IV

Or, ce que je n'ai pas dit, c'est que, en face aussi, à côté de la demeure de la baronne aux chevaux gris pommelés, un vieux monsieur, porteur de lunettes d'or et d'un faux toupet blond, habitait un élégant pavillon avec une façon de majordome et quelques valets.

Cet ex-jeune homme était célibataire, — ne fréquentait que des hommes plus jeunes que lui de dix ans, — et passait pour avoir cent cinquante mille livres de rente (style de mélodrame). Des voisins, qui se prétendaient bien informés, ajoutaient qu'on ne l'avait jamais vu passer devant la porte du marchand retiré sans jeter un regard sur les petits volets verts de la maisonnette qui chatoyait comme une cantharide à travers le feuillage mouvant et dentelé.

Pourquoi cela? Nul ne pouvait le dire.

On prétendait encore que pour passer par cette petite avenue, qui n'était pas la seule cependant qui conduisait chez lui, le Céladon en lunettes d'or choisissait de préférence les jours où Mlle Olympe n'était pas allée à Paris prendre sa leçon de piano, comme cela lui arrivait deux fois par semaine.

Pourquoi cela? Beaucoup de langues indiscrètes auraient pu vous le dire : on est si bavard et si désœuvré à Passy!

Et l'on ajoutait encore bien d'autres choses!... mais la pauvre demoiselle ne se souciait guère des on-dit et des conjectures : elle aimait tant son petit cousin Arthur Dumolard !!!

V

— Le diable est fin, ont dit un grand nombre de théologiens et de penseurs.

— C'est aussi mon opinion, — en admettant, bien entendu, l'existence de sa majesté Satanas, auquel maître Bertrand le philosophe vient de couper impitoyablement les cornes et la queue, dans son *Triomphe de l'unité.*

Donc, messire Satan (Bertrand n'était pas encore inventé) s'avisa de souffler dans l'esprit du vieux garçon je ne sais quelles idées biscornues et gaillardes à l'aide desquelles il parvint à lui prouver qu'il était amoureux fou de Mlle Olympe ; que le mariage était la plus estimable chose du monde ; qu'il n'était jamais trop tard pour bien faire ; que lui, Narcisse-Alexandre-Pantaléon, marquis de la Roche-Tremblante et autres lieux, chevalier d'un grand nombre d'ordres étrangers, pro-

priétaire d'un certain nombre de mil-
lions, etc., etc., était, à tout prendre, un
parti très-convenable pour une petite bour-
geoise, malgré ses soixante ans, ses lunettes
et son faux toupet.

Il arriva même à convaincre cet infortuné
que ces divers accidents, — selon l'opinion
du vulgaire, — étaient une garantie pour
une jeune femme qui n'avait pas à craindre
ainsi les folies et les légèretés qu'on rencontre trop souvent chez un jeune mari.

Il lui souffla encore une foule d'autres
choses; mais je suis décidé à vous en faire
grâce, afin d'arriver plus tôt à mon dénoû-
ment, selon la recommandation du classique
latin :

Semper ad eventum festina.

Qu'il vous suffise de savoir que ce fut par
pur dévouement pour elle, et pour faire son

bonheur que notre ex-jeune homme se dé-
cida à demander la main de Mlle Olympe.

VI

— C'était un dimanche, — celui sans doute
qui suivit ces insinuations sataniques :

On annonça dans le petit salon jaune en
velours d'Utrecht du père de Mlle Olympe :

— Le marquis Narcisse-Alexandre-Pantaléon de la Roche-Tremblante !!!

— Ce fut la bonne qui, remplissant les
fonctions d'huissier, jeta ces paroles solen-
nelles dans le picard le moins équivoque...

VII

Le mardi suivant, après une entrevue de
trois heures avec le susdit marquis, le père de
la susdite Olympe transmettait à sa fille, non

toutefois sans quelque hésitation, l'innocente demande de ce Roméo d'un nouveau genre.

. . . .

Mlle Olympe avait demandé trois jours.

La pauvre enfant aimait tant son petit cousin !!!

Comme la fille de l'antique Jephté, qui se retira, dit-on, sur la montagne pour pleurer sa virginité, elle se retira dans sa chambre à coucher tendue de perse, où elle pleura, nous aimons à le croire, sur ces jours fatals qui devaient à jamais fixer sa destinée.

VIII

Au quatrième jour, cet heureux père, complétement vêtu de noir et cravaté de blanc, supérieurement verni et ganté, la tête haute et la démarche fière, annonçait majestueusement aux grands parents et aux amis de la famille réunis en séance extraordinaire, le mariage prochain de Mlle sa fille avec M. le marquis Narcisse-Alexandre-Pantaléon de la Roche-Tremblante.

. . . .

Qui sait si les cent cinquante mille livres de rente (style de mélodrame) n'avaient pas influencé le choix de la sensible Olympe? Qui sait si cette chaste vierge n'avait pas réservé un petit coin de son cœur pour son cousin Arthur? Qui sait toutes ces choses? Dieu puissant de l'amour et de la coquetterie, sylphe doré, toi qui planes sur l'âme des jeunes filles endormies, toi qui les berces la nuit au sein de ces belles contrées toutes rayonnantes d'azur et de fleurs dont toi seul as la clef, toi qui règles leur vie et qui dictes leurs résolutions, réponds-moi, qui dira toutes ces choses?

Lecteurs bénévoles, ce n'est certes pas moi.

IX

Ce que je puis affirmer, c'est que Mme la marquise Narcisse-Alexandre-Pantaléon de la Roche-Tremblante avait, six mois plus tard, le petit hôtel Renaissance, la maison de campagne à Enghien, l'attelage gris pommelé, la calèche d'été et le coupé d'hiver, la soubrette pimpante et les estafiers en bas de soie, et que, — je ne sais comment cela se fit, — M. Arthur Dumolard, — qui n'avait pu parvenir à mourir d'amour, — était un an plus tard chef de bureau à son ministère, qu'il avait à ses ordres un splendide tilbury, et que souvent on le vit au bois caracolant sur un cheval anglais près de la voiture de notre belle marquise.

Il est bon de faire remarquer que depuis longtemps M. Arthur ne faisait plus de vers...

Voilà ce qui m'a fait penser qu'il y a de par le monde des marchandes de plaisir qui n'en font pas métier et qui le sont en toute innocence.

—◦◦◦—

Riches ou pauvres, jeunes ou vieux, que le Ciel vous préserve des marchandes de plaisir!

— Faites cinq cents pas dans la ville, et vous en rencontrerez cinquante, peut-être plus...

— On en voit de tous âges et de toutes conditions;

Car, nous avons encore ces intéressantes jeunes filles qui offrent, pour dix centimes, des boutons de rose sur nos boulevards...

— Ajoutez quelque chose de plus, et elles vous offriront... Ventre de biche, comme dit Eugène Berthoud,—j'allais dire une sottise...

Ces enfants sans les illusions de l'enfance,

ces jeunes filles sans jeunesse, ces jeunes vi-
sages sans fraîcheur, aussi étiolées que les
fleurs qu'elles vendent, font froid au cœur de
celui qui les regarde.

Voyez : — Ce petit amas de chiffons fripés ;
ces petites mains d'une propreté douteuse ;
ces petites hanches maigrelettes et cambrées,
se dessinant comme à regret sur une bas-
quine de saltimbanque ; ces cheveux pom-
madés outre mesure et relevés avec une coquetterie de mauvais goût ; ces prétentieux
accroche-cœurs qui semblent insulter l'innocence ; tout cela ne promettait-il pas une
femme ? — Revenez dans dix ans, et vous sau-
rez ce qu'il en restera...

Je me hâte de signaler cette honte de notre
monde actuel, bien convaincu qu'avant peu
on n'aura plus rien à en dire, et que la police,
toujours si ferme et si clairvoyante, en aura
fait justice.

Et puis, nous avons encore celles qui donnent un sourire pour appoint d'un cigare ou d'une paire de gants à deux francs;

Et celles qui trônent fièrement dans le comptoir d'un restaurateur ou d'un débitant de chinois ou de prunes à l'eau-de-vie ;

Et celles qui ne prennent une place dans un omnibus que pour lier conversation avec un Anglais plus ou moins bon teint;

Et celles qui laissent tomber leur mouchoir dans nos promenades, afin de trouver un galant qui le leur ramasse;

Et celles qui font semblant de chercher une adresse afin de trouver *un jobard* qui la leur indique;

Et celles qui empruntent la petite fille ou le petit garçon d'une voisine pour avoir occasion d'aller s'asseoir sur une chaise aux Tuileries près du Sanglier ou à la petite Provence;

Et puis encore les artistes équivoques de nos cafés chantants qui assassinent de leurs brûlantes œillades les malheureux transfuges d'Abbeville ou de Brives-la-Gaillarde;

Et les vierges naïves qui se font conduire au Conservatoire de musique, chaperonnées par une tante en marmotte et porteuse d'un cabas en tapisserie;

Et celles qui pendant dix ans espèrent rencontrer aux avant-scènes de Chantereine ou de la salle Lyrique un banquier, juif ou chrétien, mais sur le retour, qui les meuble en palissandre et les fasse entrer *par ordre* aux Délassements-Comiques ou à Beaumarchais;

Et celles qui ont le bonheur d'avoir un mari éternellement aux Indes ou en Amérique;

Et celles qui espèrent toujours en trouver un parmi leurs amants;

Et celles qui ne vendent pas de fleurs, qui ne chantent pas dans les concerts, qui ne trônent pas dans un comptoir, qui ne laissent pas tomber leur mouchoir et ne demandent pas d'adresses, qui n'empruntent pas les enfants de leur voisine, qui ne se font pas conduire par une tante au Conservatoire de musique, qui n'ont pas la prétention d'obtenir un engagement aux Délassements-Comiques ou à Beaumarchais, qui n'ont pas de maris aux Indes ou en Amérique, qui n'ont pas à en trouver un parmi leurs amants, mais qui emploient tous leurs loisirs à tromper celui qu'elles ont...

Et puis, et puis; mais nous n'en finirions jamais, car cette immorale industrie ennemie de l'amour, dont elle vend le semblant, s'accroît chaque jour dans de telles proportions,

que le moment n'est pas loin, si cela continue, où l'on ne saura plus distinguer une
affection vraie d'une affection mercenaire, où
l'on sera sans cesse exposé à trouver une *mar-
chande de plaisir* là où l'on pensait trouver
une femme !

Le moment est déjà venu où l'on se moque
de l'amour, parce qu'on le confond avec ce dévergondage qui n'a rien de commun avec lui...

Ce qui prouve que cet état de choses doit
encore durer longtemps, c'est que ces dames,
comme je l'ai dit ailleurs, se sont donné la
tâche de faire des élèves, et que nos bals publics sont remplis de jeunes mères qui y con-
duisent leurs filles dès leur plus tendre enfance, comme on mène au bois de jeunes lé-
vriers pour leur apprendre de bonne heure à
traquer un innocent gibier...

Et tout cela se passe à Paris, au sein de la
capitale du monde civilisé !

O Paris !...

J'aime ta valse ardente et ta foule enivrée,
Etalant du plaisir l'ondulante livrée
    Comme un royal manteau !
J'aime, dans un souper, les bizarres ébauches
Que le porto dessine, en nos nuits de débauches,
    Aux parois du cerveau !

J'aime du vieux Romain les folles saturnales,
Râlant leur agonie aux jours des bacchanales,
    Sous l'archet de Musard !
J'aime, — dans une orgie aux seins nus, pantelante,
Agitant ses flambeaux aux mains d'une bacchante
    A l'œil terne et hagard !

— J'aime les coupes d'or pleines de vin d'Espagne
Et vos chants insensés que l'ivresse accompagne,
    Babylone et Paris !!!
Mais je crois, ô cités, que vos amours maudites
Ont bientôt consumé vos pâles Sybarites,
    — Comme de Phalaris

Le taureau consumait la victime haletante ;
— Ou comme nous voyons, dans la fable de Dante,
    D'une étreinte d'amour
Se tordre Rimini, l'infidèle adultère...
— Babylone, Paris, — luxueuse misère,
    — Paradis pour un jour !!!

Je crois, Dieu me pardonne, que j'allais finir par des vers, tandis que j'ai l'intention, chers lecteurs, de vous laisser sur une pensée philosophique qui, du reste, je dois l'avouer, n'est pas plus neuve que celles que, vous et moi, répétons et écrivons chaque jour.

Cette pensée philosophique la voici :

Vous trouvez tous que j'ai mille fois raison ; vous applaudissez tous à ces diatribes contre le vice moderne, et cependant, il y a gros à parier qu'en passant ce soir devant Tortoni ou le café Anglais, je verrai plus d'un d'entre vous trinquant joyeusement avec quelques belles marchandes de plaisir...

Moi-même, peut-être... mais vous n'en direz rien, n'est-ce pas?...

Ainsi est faite la nature humaine.

AMOUR! AMOUR! QUAND TU NOUS TIENS

ON PEUT BIEN DIRE · ADIEU PRUDENCE!

AMOUR! AMOUR! QUAND TU NOUS TIENS,

ON PEUT BIEN DIRE : ADIEU PRUDENCE !

—◦❦◦—

I

Pauvre garçon! — il avait cependant de bien beaux yeux, de bien belles moustaches, une bien belle jambe!...

— Et des cravates donc! étaient-elles toujours fraîches et bien nouées!

Et puis ne s'appelait-il pas Gaston?... et quelles femmes savent résister à un homme qui porte un nom aussi *moyen âge?*

— Pauvre garçon!...

— Quand on pense que sans cette malheureuse aventure vous le verriez encore là tous les soirs devant le café Riche ou le café de

Paris, avec son ample pelisse, qui le faisait
ressembler à un capitoul de Toulouse ;

Avec sa canne à bout d'ivoire, qui vous
l'eût fait prendre pour un officier des gardes
de la reine Victoria se promenant dans une
rue de Londres ;

Avec son lorgnon d'écaille habilement
maintenu dans l'œil gauche, qui vous l'eût
fait prendre pour un faiseur de tours de la
place Maubert ;

Avec son pantalon collant et à larges ban-
des, qui vous l'eût fait prendre pour un pale-
frenier du faubourg Saint-Germain ;

Avec son air arrogant et dégingandé qui
vous l'eût fait prendre pour un échappé de
Charenton ;

Avec ses petites manières de femmelette...
mais brisons là, nous en aurions trop à dire
s'il fallait énumérer toutes ses qualités, et
d'ailleurs n'est-il pas superflu de renouveler

nos douleurs et vos regrets?... Car on ne le voit plus, et nous ne pouvons faire que cette malheureuse aventure n'ait pas eu lieu.

II

Donc, il s'appelait Gaston, c'était un homme à la mode; il avait de beaux yeux et portait moustaches.

J'ai oublié de vous dire qu'il avait vingt-cinq ans, cinquante mille francs de rente, et qu'il était très-brun.

III

Or, comme ce n'est pas uniquement pour vous peindre mon héros, mais bien pour vous raconter sa disgrâce, que j'ai entamé ce colloque avec vous, je ne vous ferai pas attendre plus longtemps.

— Sachez donc...

— Mais d'abord permettez-moi une simple question : croyez-vous à l'amour ?

Croyez-vous à l'amour portant pelisse, lorgnon dans l'œil et pantalon collant ?...

— Et vous même, dites-vous, y croyez-vous ?

— Moi, je conte, je n'explique pas...

Vous savez d'ailleurs que ce n'est pas au conteur, mais bien à l'auditeur qu'il appartient d'expliquer et de croire.

IV

Sur ce, je continue...

— Ah bien oui ! continuez donc avec des interrupteurs comme cela !

Quels terribles gens vous faites ! On dirait, en vérité, que vous venez d'être la victime de quelque cocher de remise, ou que vous avez eu à faire à quelque employé subalterne de la direction d'un théâtre quelconque !

Dieu me damne ! comme disait mon grand oncle, mousquetaire de sa majesté Louis XV, Dieu me damne ! auriez-vous vu M. P., le peu gracieux directeur du théâtre de *** ?

S'il en était ainsi, je comprendrais votre mauvaise humeur et votre manie d'interrompre...

V

— Rien de tout cela, dites-vous, ne vous est arrivé ; vous ne prenez jamais que des fiacres et vous n'eûtes jamais le malheur d'avoir affaire à la direction d'un théâtre...

— Très-bien, mais alors faites-moi le plaisir de me dire pourquoi vous...

Ah ! j'entends, vous avez peur des histoires d'amour ; cela est usé, c'est quelquefois immoral et c'est toujours ennuyeux.

Et puis c'est vieux, vieux comme les rues, vieux comme l'esprit de certains journaux, vieux comme le répertoire de certains théâtres, vieux comme le visage de certaines actrices, vieux comme la défroque de certains hommes de lettres, vieux comme certains procédés nouveaux, vieux comme certaines découvertes brevetées sans garantie du gouvernement...

— *Arcadius homo!* (vous n'êtes pas tenu de donner à votre femme l'explication de cette citation peu flatteuse pour vous, et que j'ai faite uniquement pour imiter notre grand Janin.)

Arcadius homo!

Comment, vous vous .figurez que je vais vous raconter une histoire d'amour comme on en voit partout? Une histoire d'amour comme on peut en lire chaque soir pour quatre sous jetés sur le bureau d'un cabinet de lecture?

Une histoire d'amour comme on en trouve chaque jour dans les nébuleuses colonnes de ces *charmants journaux* qui naissent le dimanche et meurent le lundi?

Ah fi ! Ah pouah !

Pour qui me prenez-vous? Je vous prie de croire que n'ai jamais fait partie de la rédaction d'aucun journal de ce genre, et que je n'ai rien de commun avec leurs hiéroglyphiques rédacteurs.

VI

Donc (et cette fois j'espère continuer sans encombre), donc le petit Gaston était charmant, délicieux, délirant.

Il n'était bruit que de ses exploits galant dans le demi-monde des *lorettes* et *des marchandes de plaisir;*

Il n'était bruit que de ses dettes dans le monde équivoque des juifs et des prêteurs d'argent;

Il n'était bruit que de ses bonnes fortunes et de ses débats interminables avec les maris dans le monde moral, dans le monde marié;

Bref, comme je l'ai dit plus haut, c'était un homme charmant, délicieux, délirant.

VII

Mme D***, — vous savez, la jeune femme de ce vieux monsieur si bête et si riche... Comment! vous n'y êtes pas? Ce monsieur qui parle toujours *agio* et *report*... vous savez qui maintenant, — eh bien, sa femme, Mme D***, était précisément de notre avis : elle trouvait Gaston délirant.

Or, notre cher Gaston ne se faisait jamais répéter deux fois ces choses-là.

— Pauvre M. D*** ! vous écriez-vous ; — allons donc ! M. D*** est le plus heureux des hommes, et il emploie son temps le plus joyeusement possible, comme vous allez en juger vous-même.

VIII

Gaston passait toutes ses soirées chez Mme D*** ;

Gaston se serait mis au feu pour Mme D*** ;

Gaston se serait battu avec Grisier pour Mme D*** ;

Gaston etait idolâtre de cet ange aux cheveux ondulés et blonds comme les épis en fleurs.

Pour lui, cette femme incomparable était le comble de tout ce qu'on peut rencontrer de désirable dans une fille d'Ève, et il n'avait rien rêvé de plus ni mieux...

Mme D*** n'avait qu'un défaut, mais ce dé-

faut le rendait le plus malheureux des hommes et fut la cause de tous ses malheurs...

Mme D*** n'était libre que le soir.

IX

— Quand on est amoureux fou d'une
femme, quand on ne vit, quand on ne respire
que pour une femme, que diable peut-on
faire sans elle pendant dix heures par jour?

— Voilà précisément la question que Gaston s'adressait chaque matin.

Et pas de réponse, pas de biais à prendre
pour se soustraire à cette inexorable néces-
sité...

Vous conviendrez que c'était désespérant,
que c'était navrant, que c'était à se pendre
avec sa meilleure cravate, et le pauvre Gaston
s'était souvent arrêté à ce moyen expéditif de
sortir d'embarras.

X

Un matin, — c'était, je crois, il y a deux mois, — Gaston se leva radieux; il faillit s'emporter le nez en essayant de dessiner plus britanniquement les deux côtelettes triomphantes qui s'épanouissaient sur chacune de ses joues, et, bien qu'il fût de première force à tous les exercices de la toilette, il fit craquer deux paires de gants à trois francs au moment de sortir de chez lui...

C'est que le problème était résolu, c'est que, comme Archimède, notre héros pouvait s'écrier : *Je l'ai trouvé!*

Voici ce que Gaston avait trouvé :

XI

Il occupait un charmant petit logement

7

place Saint-Georges, presque en face le fameux hôtel du célèbre Millaud, qui, auprès de bien des gens, passe pour avoir découvert une nouvelle Californie.

Sans être aussi doré que celui de l'illustre boursier, l'appartement de Gaston était confortable... il avait surtout un agrément que prisait fort notre jeune élégant : c'est qu'il avait des fenêtres ayant vue sur un certain coupe-gorge décoré du nom de rue Laferrière, et d'où l'heureux amant de Mme D^{***} pouvait apercevoir les rideaux roses et le boudoir d'une jeune dame dont la vie n'avait rien de commun avec la seconde partie de l'existence de sainte Madeleine...

Et Gaston s'était fait le raisonnement suivant :

— Ce qui me manque chaque jour pendant dix heures, c'est le bonheur de contempler et d'adorer cette femme divine que j'aime plus que ma vie; or, ne savons-nous pas que, faute de pouvoir adorer Vénus en personne, les païens se faisaient des idoles à l'image de cette reine de Paphos et de Gnide qu'ils adoraient en son lieu et place? Pourquoi ma voisine ne remplacerait-elle pas ma déesse pendant les heures qu'un destin fatal me force à passer loin d'elle?

— Et ce raisonnement parut si concluant à l'infortuné, qu'il ne put y résister, et que, cinq minutes plus tard, l'antique femme de ménage de la Madeleine non repentante de la rue Laferrière annonçait à sa maîtresse la visite d'un beau jeune homme porteur d'un lorgnon et de moustaches brunes.

XII

Six heures auraient sonné à l'horloge de l'église Notre-Dame de Lorette, — si l'église

Notre-Dame de Lorette avait une horloge, —
lorsqu'un coup de sonnette strident et acharné
vint réveiller le jeune Gaston et sa nouvelle
amie d'une extase qui n'avait rien de plato-
nique...

— Effroi de la dame ; stupéfaction du jeune
homme...

— On prend une décision, et, — sans doute
par déférence pour Alfred de Musset, qui pré-
tend qu'on ne saurait jamais se mettre trop à
l'aise dans un tête à tête d'amour, — notre
lion amoureux, qui avait déposé sa pelisse
sur une ottomane de palissandre, n'eut que le
temps, sans autre examen, de s'en couvrir à
la hâte et de s'éclipser par l'inévitable porte
dérobée...

XIII

Savez-vous bien qu'il n'est pas prudent de

mettre une pelisse à la hâte, surtout dans un
endroit où l'on est exposé à trouver une autre
pelisse à peu près semblable, et qu'on n'a pas
remarquée, tant est grande l'influence d'une
jolie femme sur un cœur de vingt-cinq ans !
Eh bien, voilà précisément ce qui était arrivé
au pauvre Gaston. Il s'était couvert des dé-
pouilles d'un autre, et son vêtement accusa-
teur était resté dans l'appartement de la dangereuse *fille de plâtre* dont il venait de faire si
facilement la conquête !

Hélas ! ce n'était pas tout, la pelisse qu'il
avait prise si imprudemment pour la sienne
était celle de ce pauvre M. D***, comme vous
disiez tout à l'heure, mari infortuné de la
blonde Mme D***, amant non moins infortuné
de l'agaçante Mlle *** !

Ce n'était pas tout, car en froissant dans ses
mains irritées le malencontreux pardessus du
jeune fugitif, l'époux plus malencontreux en-

7*

core de Mme D*** avait fait tomber sur le riche
tapis, qu'il avait payé de ses deniers, le por-
trait de sa femme et une liasse de lettres de
son écriture fine et mignonne...

XIV

Voilà pourquoi notre cher Gaston a l'épaule
cassée d'un coup d'épée et garde le lit depuis
bientôt deux mois...

Voilà pourquoi on ne le voit plus le soir
devant le café Riche ou le café de Paris...

Plaignez-le, vous tous qui croyez encore à
l'amour !

A QUOI TIENT

LA VERTU D'UNE FEMME

A QUOI TIENT

LA VERTU D'UNE FEMME

—o⊰⊱o—

I

J'admets l'excellence morale de la femme
moderne ;

J'admets que la femme vertueuse se rencontre chez nous comme la fleur aux champs ;

J'admets, dis-je, que, sous ce rapport, tout
est aujourd'hui pour le mieux dans le plus
édifiant des mondes possibles ;

Il ne me reste plus qu'à m'entendre avec
vous sur ce qu'on est convenu d'appeler vertu
chez la femme..

Pour bien connaître une chose, il est bon de savoir où elle commence et où elle finit.

Donc, où commence la vertu pour la femme? Quand et comment la femme cesse-t-elle d'être vertueuse? Qu'est-ce que la vertu de la femme?...

La femme *forte* dont parle l'Écriture doit-elle être rangée dans la catégorie des animaux antédiluviens?

Ce qui paraît certain, c'est que de nos jours on n'en trouve plus ombre ni vestige.

— Avis à toutes les Académies et Sociétés savantes qui se livrent à l'intéressante recherche des êtres animés disparus de la surface du globe.

— Or donc, pour rentrer dans notre sujet, qu'est-ce que la vertu chez la femme?

Une femme est-elle vertueuse lorsqu'elle n'est que coquette? Est-elle vertueuse quand l'âme est souillée à défaut du corps?

Est-ce vertu qu'aimer un mari comme l'oiseau captif aime la graine de millet, faute de mieux et à son corps défendant ?

Est-ce vertu que dire ailleurs : « Je t'aime ! » même en refusant toute faveur ?

Est-ce seulement d'une manière relative que la vertu existe chez la femme ?

En est-il de cette vertu dont chacune fait parade comme de celle dont Brutus disait : « Vertu, tu n'es qu'un mot ! » Ou bien en est-il d'elle comme d'une riche parure de fleurs artificielles qu'on ajuste à sa guise, selon la nuance de ses cheveux et la grosseur de sa tête ?

Ce qui est *affreux* chez celle-ci, serait-il *charmant* chez celle-là ?

Ce qui est péché mortel rue Geoffroy-Marie ou rue Neuve-Bréda, est-il péché véniel rue Saint-Dominique-Saint-Germain ou rue d'Anjou-Saint-Honoré ?

Mme X... est-elle irrémissiblement coupable d'aimer en cachette un amant *mignon*, tandis que Mme Z... est excusable d'en tromper trois des plus *sérieux* sans se donner le souci d'en rougir et de s'en cacher ?

La honte dépend-elle uniquement de la manière dont on sait porter ses faiblesses, comme l'élégance dépend de la façon dont on sait porter un cachemire ou une ombrelle ?...

Je n'ai garde, soyez-en sûr, de répondre même à la plus futile de ces graves questions, cela, du reste, je vous prie de le croire, pour une foule de raisons aussi excellentes les unes que les autres, mais dont je ne tiens pas à vous faire juge.

Je veux toutefois vous en citer trois qui pourront vous aider à deviner les autres :

La première, c'est que ces choses-là sont du domaine de la philosophie, et que je n'ai pas la prétention d'être philosophe ;

La seconde, que si le ciel m'avait fait philosophe, je m'occuperais de bien autre
chose ;

La troisième, enfin, que si, le sachant moi-
même, je vous disais ce que c'est que la vertu
d'une femme, vous ne voudriez pas m'en
croire, et seriez capable de penser que je
veux, comme on dit vulgairement, jeter des
pierres dans votre jardin, si d'aventure vous
étiez marié.

Or, je n'ai pas dessein de me brouiller avec
la moitié des humains, en supposant que la
moitié des humains ait le bonheur de vivre
dans les liens dorés du mariage.

Je laisse donc de côté cette brûlante et épi-
neuse question, — pour le moment du moins,
— et si je ne puis vous dire ce que c'est
qu'une femme vertueuse, je vais essayer de
vous montrer par quelles bizarres fantaisies
du sort une femme peut cesser de l'être.

II

On a vingt ans, — un mari gros et chauve, — des cheveux blonds, — de grands yeux bleus, — vingt mille francs de rente, — des aspirations poétiques, — une édition complète de George Sand.

On habite un petit pavillon meublé en bois de rose, — parfumé d'ambre, — tendu de soie verte et ayant vue sur un jardin...

On reste quatre heures par jour mollement penchée sur l'ogive du balcon, — et l'on rêve au beau ciel d'Italie, aux folles brises de l'Océan, aux chants joyeux des gondoliers...

Puis, par une tiède soirée d'été, quand le vent du midi nous vient tout chargé de douces émanations et de voluptueuses senteurs, on croit voir s'agiter sous les fraîches arcades des grands sycomores l'ombre souriante de Roméo... de Roméo, dont le nom seul fait battre le cœur d'une femme de vingt ans !

Vaporeuse et légère comme un nuage nacré, l'ombre s'avance et sourit encore... Une blanche plume se balance sur sa toque de velours cramoisi... Une fine lame de Damas brille à son côté fièrement suspendue par une agrafe d'or... ses mains fines et blanches, ses mains de patricien appellent une étreinte frémissante, et sa bouche entr'ouverte semble exhaler un parfum d'amour...

— Sac-à-papier! exclame une voix rauque qui, partie du salon, fait vibrer la vitre ébranlée et se répète de feuille en feuille comme le son du cor dans la ballade d'Alfred de Vigny.

— Sac-à-papier! le 3 pour 100 a fait un franc de hausse, et cet infernal Grapillard a encore trouvé moyen de gagner cent mille francs!... Cent mille francs!... que le diable l'emporte lui et tous ses pareils, on croirait que la chance n'a été inventée que pour ces coquins-là !...

. . . .

— Il n'y a pas à en douter, se dit l'ange blond en repliant ses ailes, c'est mon mari qui revient de la Bourse; adieu beaux rêves, adieu douces illusions !...

Or, cette scène-là se répète trois cent soixante-cinq fois par année ; trois cent soixante-six fois les années bissextiles.

Seulement, quand l'imperceptible pendule rocaille qui orne la cheminée de son boudoir Louis XV a sonné son vingt-cinquième printemps, l'ange délaissé, l'ange incompris, l'ange aux yeux bleus remplace dans ses rêves la douce silhouette de Roméo par la figure plus mâle et plus énergique de Lovelace ou de don Juan; le frêle jeune homme n'a pas la poitrine assez large pour contenir sans se briser les battements frénétiques du cœur que l'on veut sentir près du sien...

D'ailleurs a-t-il au front, le timide enfant, cette ride maladive, cette ride profonde, ce stigmate sublime du génie et de la douleur que toute femme qui se respecte doit exiger d'un amant aimé ?

Ah ! si parmi les boucles de ses longs cheveux on pouvait voir briller quelques branches de laurier !

Si d'une main capricieuse on pouvait poser sur sa tête une couronne de poëte, une auréole d'artiste !

Si l'on pouvait dire : « Il m'aime plus que lui-même, plus que son art, plus que sa gloire !... »

O Byron ! ô Michel-Ange ! ô Dante Alighieri ! que n'êtes-vous donc là ! vous n'auriez qu'à ouvrir vos robustes bras pour changer en Éden une odieuse prison, pour faire d'une triste captive une reine triomphante et superbe !

III

On en est là depuis longtemps, et la voix maussade de la réalité continue chaque jour de se faire entendre par la bouche prosaïque de l'époux...

Et les songes dorés du beau ciel d'Italie ; et le chant joyeux des gondoles et des sérénades ; et les brumes rosées des glaciers d'Écosse ; et l'écho lointain de la voix du barde ; Byron, Lovelace, don Juan, Dante, de continuer leurs enivrantes visites... et le pauvre ange incompris, le pauvre ange qui n'a pas encore trouvé son dieu pour l'adorer, de continuer son froid pèlerinage à la grille ogivale du balcon...

Or, un soir, un soir d'ennui et de réception,

un jeune homme pâle, assez laid, mais très-
fat ; parlant souvent de lui-même et toujours
en excellents termes ; grand seigneur dans ses
manières, mais d'un abord hautain et désa-
gréable ; régulier dans sa toilette, mais crai-
gnant sans cesse de déranger un pli de sa cravate ; peu galant en somme et excessivement
froid.... Ah ! j'oubliais, poëte par vocation,
par mission même, du moins à ce qu'il pré-
tend ; un soir, ai-je dit, ce jeune homme pâle
se trouve au nombre des invités de l'hôtel,
et Monsieur le présente à Madame, parce que
Monsieur est bien aise d'avoir un *alter ego*
pour distraire Madame, et encore parce qu'il
n'est jaloux que des garçons très-gros et
excessivement colorés...

Pour cette raison, Monsieur en fait mille
éloges à Madame et le lui recommande parti-
culièrement...

Il y a bien encore une autre raison, mais

cette raison-là, je suppose, Monsieur ne la connaît pas...

Si vous tenez beaucoup à la connaître pour votre propre compte, vous la trouverez dans le Koran à je ne sais quel verset de je ne sais quel chapitre où il est dit :

« Dieu est grand, ce qui doit arriver est écrit là-haut. »

Bref, en épouse soumise, Madame accueille le jeune homme pâle et l'accueille comme une exception et comme un prédestiné qu'il se dit...

Six mois plus tard, le même jeune homme n'est plus un homme, plus un poëte, plus un prédestiné, c'est plus que tout cela, et Dante et Byron n'oseraient le regarder de profil, car lui c'est un prophète, un inspiré, un enfant du ciel; — l'ange aux yeux bleus a désormais sa raison de vivre, car elle peut adorer son dieu !...

O fragilité de la femme ! dit notre ami le

baron Frédéric de Reiffenberg fils, dans sa lé-
gende du dernier des Gnomes ;

O fragilité de la femme ! vais-je aussi m'é-
crier en terminant cette esquisse de mœurs.

Trois ans plus tard, l'ange du balcon ne
songe plus aux brises de l'Océan, et le ciel
d'Italie ne vient plus flamboyer dans ses rêve-
ries du soir...

A un amant aimé elle ne demande plus le
génie et la gloire ; les vers qu'on lui adresse
l'importunent ou la font sourire ; et, fût-il
aussi sot qu'un commis, elle se passionne pour
tel ou tel s'il sait se tirer habilement d'une
polka nouvelle ou d'une valse à deux temps.

L'ange en question ne serait-il pas devenu
de cette manière ce que le monde appelle une
femme raisonnable, une femme avisée, une
femme vertueuse ?

Si cela est, vous n'avez plus rien à me demander, car vous savez maintenant ce que

c'est que la vertu des femmes, et je vous ai dit plus haut à quoi tient ce hochet fragile..

Ajoutez encore un an de plus, et je gage que Mme *** sera de l'avis de son mari, et qu'elle raffolera des garçons très-gros et excessivement colorés !...

IV

Et maintenant, chers lecteurs, comme à toute fable il faut bien trouver une moralité quelconque, voici la moralité de ces quelques lignes :

— L'amour que le mari sait inspirer à sa femme est l'unique sauvegarde de l'honneur conjugal.

— Tout est là, et c'est bien peu de chose ; mais cela ressemble assez au grelot qu'il s'agit d'attacher au cou de maître chat...

Salut donc à vous, bénévoles maris, et si

vous voulez suivre mon conseil, désintéressé s'il en fut, puisque je suis garçon : soyez amants avec vos femmes le plus longtemps qu'il vous sera possible, oubliez souvent le mariage pour ne songer qu'à l'épouse, et ne refusez pas à l'ange gardien de votre foyer le culte de chaste amour et de suave poésie que vous profanez quelquefois aux pieds de démons qui vous trompent et qui se font un jouet de votre faiblesse.

N'oubliez pas surtout que pour être épouse la femme n'en reste pas moins la fille d'Ève :

Capricieuse et folle ;

Imparfaite et sublime !

LA FEMME

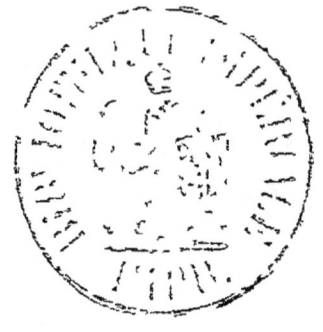

LA FEMME

—◦❦◦—

I

Dieu n'a pas fermé pour toujours le jardin de délices, et la femme en a conservé la clef.

Mais les hommes ne comprennent pas la femme; ils méconnaissent sa mission de salut et de miséricorde, et au lieu d'en faire la sœur de leur âme, la consolation de leurs douleurs, la confidente de leurs joies et de leurs espérances, le soutien de leur foi et de leur enthousiasme, ils en ont fait le jouet de leurs fantaisies et la servante de leurs plaisirs infâmes...

Or, la femme a accepté le rôle qu'on lui faisait, car la femme n'a pas de volonté en elle-même, et elle n'est que le reflet de l'homme.

Voilà pourquoi la femme n'est plus la créature aimée du Seigneur, voilà pourquoi la femme est devenue pour plusieurs un objet de scandale, une occasion de chute et d'erreur.

Voilà pourquoi, au temps où nous vivons surtout, la femme semble souvent avoir été créée pour la ruine et pour le malheur de l'homme.

Voilà pourquoi la femme ne sait plus se servir de la clef mystique que l'ange des chastes amours suspendit autrefois à son cou virginal, et qui doit ouvrir à son fiancé les portes d'ivoire de l'antique Éden...

II

— Regardez : — nous voici dans un sentier fleuri, tout bordé de blanches aubépines et de saules à la verte chevelure...

Le ciel radieux sourit à la terre; ivre de volupté, la terre prodigue au ciel ses plus douces hymnes et ses plus suaves parfums...

Ici tout respire la verdeur et la force, et la pensée bouillonne au cœur de cette plantureuse nature, comme la lave au sein du volcan...

Cette pensée sublime et cachée qui vient de Dieu; cette pensée qui fait jaunir l'épi, et qui développe l'enfant aux entrailles de sa mère...

— A chaque instant variée par des paysages gracieux ou splendides, par des points de vue nouveaux et inattendus, par des surprises magiques et sans fin, cette belle vallée d'amour et de poésie, c'est *le sentier de la vie :*

— De la vie luxuriante et large, comme on l'entrevoit à vingt ans et comme Dieu la fit en sa munificence, alors que d'un souffle puissant il anima le premier des hommes.

— Le sentier de la vie : — mais de la vie vivante et réelle, qui n'a rien de commun avec cette pâle aurore, cette froide parodie d'existence agitée sans relâche de mille soins futiles, de mille désirs rongeurs qui brisent et consument l'âme comme une fièvre lente ; qui n'a rien de commun avec ce court et douloureux voyage qui fait chérir la mort dont il est l'emblème et où il conduit insensiblement, après nous avoir fait traverser des torrents de larmes et des océans de douleurs ; qui n'a rien de commun avec ce flambeau terne et vacillant dont la flamme se courbe au moindre caprice des vents inconstants, pour s'éteindre bientôt dans l'abîme ténébreux du doute et du désespoir, pour peu que la brise augmente et se fasse aquilon...

— Non, la vie dont je parle, ce n'est pas la vie banale de la créature dégradée qui est celle des maudits et des réprouvés;

La vie dont je parle, c'est la vie des anges, la vie que Dieu avait donnée à l'homme, sa créature de prédilection;

Une vie toute rayonnante de bonheur, toute parfumée d'amour et de foi...

III

Sous les frais ombrages de cette divine vallée au printemps éternel, au milieu des mille concerts de ses habitants innombrables qui prient et bénissent, une voix plus harmonieuse que les autres voix du chœur éternel, une voix qui soupire, argentine et fraîche, voluptueuse et tendre, vibrante et sympathique, une voix charmeresse qui ne semble faite que pour consoler et élever les âmes, une voix qui semble un écho du ciel, s'élève tout à coup parmi les autres voix désormais secondaires.

Et nul des fils de la terre ne peut se lasser de l'entendre, car c'est la harpe sacrée dont se sert le Très-Haut pour réjouir les âmes de ceux qu'il préfère...

— Cette voix plus harmonieuse que toutes les autres voix de la nature, c'est celle de la femme;

De la femme, telle qu'on l'entrevoit à vingt ans;

De la femme, source intarissable et sainte d'amour pur et vivifiant, de volupté chaste et créatrice...

De la femme, telle que Dieu l'a faite pour l'homme, sa créature de prédilection...

IV

Or, au commencement, le Seigneur Dieu avait dit :

— Je vous donne ce jardin avec tous les fruits qu'il renferme ; — et celle-ci sera ta compagne comme elle est aussi la moitié de toi-même et la sœur jumelle de l'âme que j'ai mise en toi...

— Et le Seigneur Dieu dit chaque jour la même chose à l'oreille de tout homme arrivé à l'âge de l'adolescence :

Tous ces fruits, toutes ces fleurs, ces riches campagnes blondes et ondulantes, tous ces biens, je les ai créés pour toi, pour toi et pour cette moitié de toi-même que je t'ai encore donnée *afin que tu la protéges*, et qu'elle t'élève vers moi en te rendant meilleur...

Le seul hommage de toi qui peut m'être

agréable, c'est l'hommage de ta reconnais-
sance intelligente; la seule chose que je te
commande, c'est de jouir de ton bonheur,
sans jamais l'altérer par de vaines chimères;
c'est de chercher sans cesse à comprendre
mon œuvre en dégageant ton esprit des choses matérielles, et de cette manière tu me
glorifieras comme je dois être glorifié, et je
serai heureux de ton bonheur qui sera ton
ouvrage, comme il est le mien...

V

— Cependant l'homme n'écoute pas longtemps la parole du Seigneur Dieu, et il quitte
bientôt le *Jardin de délices* qui est la vie, telle
que Dieu l'a faite, mère du bonheur et fille
de la vérité.

Car l'homme ne peut comprendre cette parole de salut que sous l'influence et par l'in-

termédiaire de la femme, et depuis bien longtemps l'homme ne comprend plus la femme
dès qu'il a passé l'âge de l'adolescence, et il la
rend inutile et vile en la faisant esclave.

. . . .

O mortels insensés! se peut-il que vous
trouviez le moyen de souffrir et de vous plain-
dre sous cette belle voûte d'azur toute parse-
mée d'étoiles aux reflets argentés, au milieu
de ces fleurs embaumées qui n'ouvrent leurs
corolles aux rayons du matin que pour vous
enivrer de leurs douces senteurs et vous faire
oublier les soucis et les travaux du jour?...

Se peut-il que vous demandiez où est le
bonheur, quand Dieu vous l'offre à chaque
instant par la voix d'une femme aimée?...

VI

— Mais les hommes ne comprennent pas

la femme, ils méconnaissent sa mission de salut et de miséricorde, et au lieu d'en faire la
sœur de leur âme, la consolation de leurs
douleurs, la confidente de leurs joies et de
leurs espérances, le soutien de leur foi et de
leur enthousiasme, ils en ont fait le jouet de
leurs fantaisies et la servante de leurs plaisirs
infâmes...

OUVRAGES DU MÊME AUTEUR.

Moderne et Rococo. 1 volume format diamant . Paris, 1854.

Parfums et Caprices, poésies. 1 volume in-8 Paris, 1854

Appel aux Amis de l'Humanité Broch. in-8 Paris, 1854.

Miroirs des Cœurs. 1 volume in-18, 2e édition Paris. 1855.

A Propos de Bottes, en collaboration avec le baron
Fréderic de Reiffenberg fils 1 beau volume in-18. Paris, 1855.

POUR PARAITRE PROCHAINEMENT :

LES HOMMES DE LETTRES D'AUJOURD'HUI

SOUS PRESSE :

LE POËME DES NASSAU

PU BARON FREDERIC DE REIFFENBERG FILS

En vente, chez Michel Lévy frères

Ce que c'est qu'une actrice, par le baron Fréderic de Reiffenberg, fils.

Tous ces ouvrages, ainsi que ceux du baron Fréderic de Reiffenberg fils, se trouvent aussi, 5, rue de l'Isly, à l'administration du journal PANTAGRUEL.

Paris — Typ. de Pillet fils ainé, rue des Grands-Augustins, 5

www.ingramcontent.com/pod-product-compliance
Lightning Source LLC
Chambersburg PA
CBHW060842250626
47162CB00005B/2140